ÉPITRE

D'UN LYONNOIS

A SES CONCITOYENS.

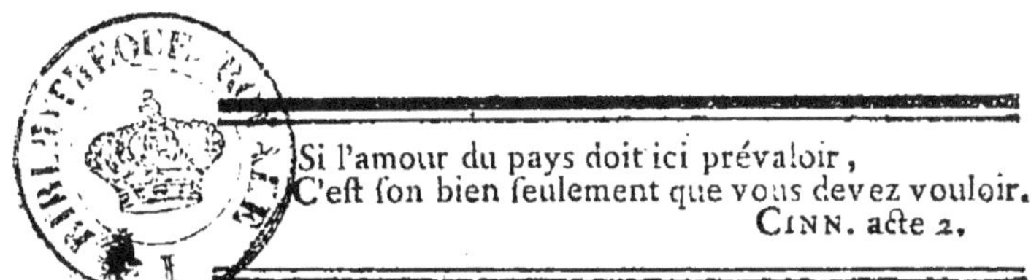

Si l'amour du pays doit ici prévaloir,
C'est son bien seulement que vous devez vouloir.
CINN. acte 2.

M. DCC. LXXII.

Cette Piece est le résultat de mes réflexions sur les mœurs de mon pays. Un ami à qui je les ai communiquées, a jugé qu'elles pourroient être utiles. Mais, dira-t-on, nos mœurs sont les mêmes que celles de la Nation, pourquoi attribuer particuliérement à la ville de Lyon ce qui lui est commun avec la capitale & avec les autres grandes villes du royaume? Les nuances sont différentes. Chaque province a son caractere distinctif, quoiqu'il participe au caractere national. Dans quelques-unes certains vices ont quelque chose de plus marqué & de plus saillant, que dans d'autres. La raison? c'est aux philosophes à nous la dire. Puisse la tâche que je me suis imposée paroître avoir été remplie conformément aux vues d'humanité qui m'animent ! Et je crois que ce fentiment doit d'abord fe porter fur ceux qui nous environnent, & avec lefquels nous vivons.

ÉPITRE

D'UN LYONNOIS

A SES CONCITOYENS.

Témoin des jours heureux, où la philofophie.
Va, prêchant en tous lieux l'amour de la patrie ;
Quand mes concitoyens touchés de fes difcours,
A leur mere commune ont offert leurs fecours ;
Quand R... déja prêt à nous prouver fon zele,
Pour défendre nos murs veut être fentinelle ;
Que F... l'organe, & l'appui de la loi,
A juré de fervir, & le peuple, & fon roi,
Et de rendre à Lyon fa fplendeur primitive ;
Moi, comme un autre, épris de cette ardeur active
Qui dévore les cœurs pour notre utilité,
J'y tends en homme obfcur : je dis la vérité.
Qu'importe ?... fi je fens le befoin de la dire.

    Mes vers, je le promets, purs de toute fatyre,
N'iront pas de la haine exhaler la fureur ;
La vérité parla toujours avec douceur.

* iij

Loin d'ici l'écrivain, dont la plume coupable

N'a pas craint d'attaquer un prélat refpectable,

Il eft déconcerté, fon vain & noir complot ;

Un méchant nous indigne, & l'on fe rit d'un fot.

O mes concitoyens ! votre gloire m'eft chere;

Elle s'étend encor jufqu'à l'autre hémifphere :

Mais eft-ce votre bien ? ah !... j'entends nos aïeux

Révendiquer le prix des foins induftrieux

Qui de l'europe entiere ont excité l'envie.

Le commerce autrefois fit fleurir ma patrie ;

On voyoit dans nos murs... beaux jours vous

n'êtes plus !

L'or ne pas dédaigner le féjour des vertus :

L'or qui corrompt les cœurs refpectoit l'in-

nocence.

On ne connoiffoit pas la funefte fcience

De tromper fes pareils pour un vil intérêt ;

La fraude qui fe montre, autrefois fe cachoit.

Que les temps font changés ! fimplicité, droiture,

Nous n'avons plus de vous qu'une froide peinture.

Le commerce, a-t-on dit, eft le nerf des états,

Oui, s'il n'entraîne point le luxe fur fes pas.

Si la cupidité, fille de l'avarice,

Ne rend pas plus communs le vol & l'injustice ;

Pourvu que la fortune anime les beaux arts ;

Que la lumiere perce, & que de toutes parts

D'autres dieux que Plutus, obtiennent des hom-

mages.

Mon pays méconnut ses plus grands avantages.

A peine la richesse eût fasciné ses yeux,

Au dieu de la richesse il porta tous ses vœux :

Ils furent exaucés ; & le luxe funeste

De nos principes saints vint détruire le reste.

Il régnoit en tyran.... Les vertus à la fois

Déserterent Lyon, & ses superbes toits.

Que nous est-il resté des succès de nos peres,

De leur économie, & de leurs mœurs séveres ?

De l'argent, de l'orgueil.... des vices.... digne

prix

De nos goûts dépravés, de nos cœurs avilis !

Ainsi Rome perdit sa véritable gloire,

Et le beau nom de Rome est flétri par l'histoire ;

Ainsi les changements arrivés à nos mœurs,

Par un fâcheux préfage annoncent nos malheurs.

* iv

Eh ! faut-il s'étonner si la noble décence

A cédé mon pays à l'affreuse licence ?

Si le crime eft hardi, si l'aimable pudeur

Ne fait plus l'ornement d'un sexe séducteur.

J'ai vu la belle Iris, par l'hymen enchaînée,

Brifer les nœuds facrés dont elle eft honorée,

Aux yeux de fon époux braver toutes les loix,

Et dans un P... faire un indigne choix.

Au mépris de l'honneur, Iris eft applaudie.

Que parlai-je d'honneur ?.... il a fui ma patrie.

De l'exemple toujours l'éloquente leçon,

D'un fiecle corrompu nous fit prendre le ton.

On fourit à Phryné, dont l'humeur agaçante

Déconcerte en public la vertu chancelante :

Aglaure qui l'entend, qui rougit en fecret,

Combat fa vaine honte, & bientôt s'en défait.

Quels feront les progrès du feu qui la dévore ?

Trois luftres font paffés, & fon cœur brûle encore.

En vain vous étalez, Églé, tous vos appas ;

Églé, je vous méprife, & ne vous aime pas ;

J'eftime la beauté jointe à la modeftie.

Alix fait qu'elle eft belle, il faut qu'elle l'oublie.

D'où vient qu'un fexe , fait pour charmer notre
    ennui,

En poliſſant nos mœurs, les détruit aujourd'hui ?

C'eſt qu'à l'heureux talent d'amuſer & de plaire,

Il a ſubſtitué l'audace de tout faire :

Époux par ſes excès êtes-vous malheureux ?

On outrage le ciel, en outrageant vos nœuds.

    J'aime à me tranſporter dans le temps où nos peres

Donnoient de la vertu des leçons ſalutaires ;

Alors, que par honneur l'on faiſoit ce qu'on doit,

Doris étoit ſans mœurs ? on la montroit au doigt.

De la ſainte vertu le caractere auguſte

Cenſuroit le méchant, honoroit l'homme juſte ;

Le bon eſprit alors, & la droite raiſon,

Des erreurs de mon ſiecle éloignoient le poiſon ;

L'honnête citoyen n'avoit pas la foibleſſe,

Étant né roturier, d'acheter la nobleſſe :

Content de ſon état, & noble par ſon cœur,

Il ſavoit eſtimer la ſolide grandeur.

On eſt grand quand on penſe, & quand l'ame
    ſenſible

Par l'amour ſeul du bien, fait tout le bien poſſible.

Avant que le menſonge altérât les eſprits,

Du goût des plaiſirs purs les cœurs étoient épris.

On aimoit l'humble toit où l'on prenoit naiſſance,

L'art n'y préſentoit pas l'éclat de l'opulence ;

Propre ſans ornement, commode ſans apprêt,

Qu'il étoit précieux ! la vertu l'habitoit.

Le bonheur qui nous fuit, en faiſoit ſon aſyle ;

Il n'eſt que dans les champs, il étoit à la ville.

Sa libéralité nous ouvroit des tréſors

Que l'on cherche aujourd'hui, qu'on poſſédoit alors.

Inſenſés ! dans nos mains étoient les biens ſuprêmes ;

S'il nous ont échappé... n'accuſons que nous-mêmes ;

Accuſons de l'orgueil les effets dangereux :

C'eſt la ſimplicité qui nous rendoit heureux.

A d'innocents loiſirs, à de pures délices

Ont ſuccédé le faſte, & ſes plaiſirs factices.

On rafine ſur tout : & les amuſements

Devenus des travaux, ſont changés en tourments.

Ah ! qui rappelleroit la nature bannie,

A mes concitoyens redonneroit la vie ;

Des paſſions encor le trop puiſſant lien,

En les aſſerviſſant, met obſtacle à leur bien.

Leurs travaux ont pour but un intérêt fordide ;

A leurs amufements cet intérêt préfide.

Si le démon du jeu tyrannife leur cœur,

C'eft la foif de l'argent qui nourrit leur ardeur.

La nuit voit commencer des combats redoutables,

L'aurore furprendra les athletes coupables,

Pour parer à l'ennui, s'égorgeant fans pitié,

Et fe donnant ainfi des preuves d'amitié.

Non, d'un fi beau penchant le fentiment fublime,

Goûté par la vertu, ne l'eft pas par le crime.

Depuis que la fortune occupe mon pays,

Il eft des parvenus, mais il n'eft point d'amis.

O touchante amitié, digne befoin de l'ame !

Pour fentir tes douceurs, il faut fentir ta flamme.

Sans remords dans ton fein on voit couler fes jours.

Qui ne te connoît pas, doit s'affliger toujours :

Des mortels mille maux font le trifte apanage :

Le fardeau pefe moins, fi quelqu'un le partage.

Il n'appartient qu'à toi d'alléger nos douleurs

Defcends, fille du ciel ! viens unir tous les cœurs.

Le fage cependant que la philofophie

Convainquit du befoin de confoler la vie,

Déplore les erreurs de la société,
Ses plaisirs turbulents, sa pénible gaieté.
De l'amitié, dit-il, on ignore les charmes ;
On portera donc seul le poids de ses alarmes :
Qui me consolera dans mes chagrins divers ?
Esclave du malheur, qui brisera mes fers ?
Un homme a-t-il conçu le monstrueux système,
Hélas ! trop adopté, de n'aimer que soi-même ?
L'humanité s'en plaint : l'égoïste odieux
Vit parmi les humains, & ne vit point pour eux.
Ce stupide Crésus est bouffi d'arrogance ;
On le voit dédaigner la timide indigence,
Lui, dont la vanité ne se refuse rien.
Barbare ! ton égal te demande du pain ;
Des pauvres méprisés, un dieu prend la défense ;
Il va lancer sur toi les traits de sa vengeance.
De penser à toi seul, tu suis l'étrange loi ?
C'est pour te détester que nous pensons à toi.

Je plains les malheureux dont l'extrême misere
Ne peut point obtenir un secours nécessaire.
Les yeux mouillés de pleurs, cent fois je fus tenté
De quitter à jamais cette dure cité.

Un motif me retient : l'amour de la patrie.

Sa gloire fut long-temps par le vice obscurcie;

Si j'en crois mes desirs, si j'en crois mon amour,

A la saine vertu je verrai son retour.

Mais qu'il me soit permis, en citoyen fidele,

Pour sauver mon pays, de signaler mon zele !

D'un stérile souhait c'est trop peu pour mon cœur.

Je vole à son secours, & je suis mon ardeur.

Au luxe, dont le souffle empoisonna la terre,

Commençons par livrer une sanglante guerre.

Les vices qu'il créa furent nos ennemis ;

Vaincus par nos efforts, qu'ils tombent avilis;

De l'âge si vanté rappellant l'innocence,

Honorons la pudeur, bannissons l'indécence:

Qu'on admire en tous lieux l'austere probité;

Que les levres, les cœurs offrent la vérité.

Ainsi l'on reverra les vertus exilées,

Et leurs dons précieux orneront nos contrées.

La ville reprendra son ancienne vigueur,

Et de ce changement renaîtra sa splendeur.

Quand le corps travaillé d'une fievre tenace,

De son sang corrompu renouvelle la masse,

Le progrès de son mal dès-lors est arrêté,
Il acquerra bientôt la force & la santé.
Puissent les bonnes mœurs sur les débris du vice,
Établir parmi nous la paix & la justice !
Puissent les préjugés qui couvrent l'horizon,
Ne plus intercepter le jour de la raison !
Pour les repousser mieux, éloignez l'ignorance,
Elle enfante l'erreur, trompe la conscience ;
Sur vos yeux de la nuit épaissit le bandeau,
Et de la vérité dérobe le flambeau.
Opposez-lui des arts la puissante barriere :
C'est des arts que nous vient une utile lumiere.
Des quarante assemblés ici, comme à Paris,
Gardez-vous toutefois de lire les écrits.
Tel de l'homme à talents le prix en vain s'arroge,
Pour avoir publié son mince nécrologe.
Quoi ! l'on estimeroit les froids calculateurs,
A l'école du goût que tiennent les neuf sœurs ?
Un autre va s'asseoir au milieu du Parnasse,
Qui vend pour de l'argent ses drogues sur la place ;
Ami, le corps va bien ; amuse mon esprit :
Tu verras aussi-tôt augmenter ton crédit.

C'est par d'heureux travaux qu'on parvient à
    la gloire;
Seuls ils doivent ouvrir le temple de mémoire.
Le genre n'y fait rien, pourvu que les talents
Réfléchiffent fur nous leurs rayons bienfaifants.
Plus d'un ufurpateur d'un titre qui l'honore,
Pour fe juftifier n'a rien produit encore ;...
Chargés du noble emploi d'éclairer leurs égaux,
C'est en le rempliffant, qu'ils feront des rivaux.
„ Mais s'il eft des frêlons, n'eft-il pas des abeilles ?
Du moins nous recueillons les doux fruits de
    leurs veilles ;
Les Bory, les Claret, les Bordes, les Mongez,
Ont fouvent du public obtenu des fuccès.
Ce public a des droits fur notre académie ;
Elle doit avancer les progrès du génie ;
Maintenir du bon goût les rigoureufes loix ;
Réformer les abus, en élevant fa voix.
Ces établiffements, toujours plus qu'on ne penfe,
Repandent fur nos mœurs leur féconde influence.
Qu'ils pefent tous leurs choix : que la religion
N'ait jamais à rougir des torts de la raifon.

Maintenant près de vous obtiendrai-je ma
grace ?

Ou de mes foibles chants blâmerezvous l'audace ?

O mes concitoyens ! j'ai rempli mon devoir ;

Oui : mon cœur satisfait veut s'ouvrir à l'espoir...

Il ose se flatter du plus cher avantage ;

A-t-il pu vous toucher ? il a votre suffrage.

Et votre aveuglement qu'il n'a su pallier,

Est-il prêt à finir ? C'est son plus beau laurier.

F I N.